L'Histoire de Pierre Lapin

Livre d'Histoires en Couleurs

par

Beatrix Potter

illustré par

Anna Pomaska

Dover Publications, Inc.
New York

Bibliographical Note

This Dover edition, first published in 1995, contains a French translation by Judith L. Greenberg of the complete text of *The Tale of Peter Rabbit*, originally published in 1902. For this edition the artist, Anna Pomaska, has created new illustrations based on selected images by Beatrix Potter.

International Standard Book Number: 0-486-28540-5

Manufactured in the United States of America
Dover Publications, Inc., 31 East 2nd Street, Mineola, N.Y. 11501

IL était une fois quatre petits lapins, et ils s'appelaient—

> Ploufsette,
> Tifsette,
> Queue-de-Coton
> et Pierre.

ILS habitaient avec leur Mère dans un banc de sable sous la racine d'un très grand sapin.

"Ecoutez, mes chéris," dit un matin la vieille Madame Lapin, "vous pouvez aller dans les champs ou descendre le sentier, mais n'allez surtout pas dans le jardin de M. McGrégoir: votre père y eut un accident; Mme. McGrégoir en fit un pâté en croûte."

"FILEZ, donc, et ne faites pas de bêtises.
Moi, je sors."

Puis la vieille Mme Lapin prit un
panier et son parapluie et traversa le bois
pour aller chez le boulanger. Elle acheta
un pain bis et cinq petits pains aux
raisins.

PLOUFSETTE, Tifsette et Queue-de-Coton, qui étaient de petits lapins sages, descendirent le sentier pour cueillir des mûres;

MAIS Pierre, qui était fort méchant,
courut tout droit au jardin de M. Mc-
Grégoir et se faufila sous la barrière!

D'ABORD, il mangea des laitues et des haricots verts; ensuite, il mangea des radis;

Et enfin, se sentant plutôt mal au cœur, il s'en alla chercher du persil.

MAIS, au détour d'un châssis de con-
combres, voilà qu'il rencontre M.
McGrégoir!

M. McGRÉGOIR était à quatre pattes, en train de planter de jeunes choux, mais il sursauta, bondit et se mit à courir après Pierre, en brandissant un râteau et en criant à tue-tête "au voleur!"

PIERRE prit affreusement peur; il se précipita dans tous les sens, car il avait oublié le chemin de la barrière.

Il perdit un de ses souliers au milieu des choux et l'autre parmi les pommes de terre.

Après les avoir perdus, il courut à toutes pattes et alla plus vite, si bien qu'il se serait complètement sauvé, je crois, s'il ne s'était pas pris dans un filet qui couvrait un groseiller. Il y resta suspendu, car les gros boutons de sa veste s'y accrochèrent. C'était une veste bleue, toute neuve, aux boutons de cuivre.

PIERRE se crut perdu et pleura à chaudes larmes; mais des moineaux amicaux entendirent ses sanglots et, émus, ils volèrent vers lui pour le supplier de faire des efforts.

M. McGRÉGOIR approcha avec un crible qu'il comptait lancer sur la tête de Pierre; mais, juste à temps, Pierre s'en tira en se tortillant, et en laissant derrière lui sa veste,

ET il se précipita dans la cabane à outils et sauta dans un arrosoir. Ç'aurait été une belle cachette s'il n'y avait pas eu tant d'eau dedans.

M. McGrégoir était tout à fait certain que Pierre était quelque part dans la cabane à outils, caché, peut-être, sous un pot à fleurs.

Il commença à les retourner soigneusement, en regardant bien en dessous de chacun.

Tout à coup, Pierre éternua—"hat-hat-hatt-choummm!" En moins de rien, M. McGrégoir s'élança vers lui,

ET il essaya de mettre le pied sur Pierre,
qui bondit par une fenêtre, en renversant
trois pots de fleurs. La fenêtre était trop
petite pour M. McGrégoir et il était las
de courir après Pierre. Il retourna à son
travail.

PIERRE s'assit pour se reposer; il était essoufflé et tremblait de peur, et il n'avait pas la moindre idée du chemin qu'il devait prendre pour sortir du jardin. En plus, il était tout mouillé d'avoir été assis dans l'arrosoir.

APRÈS un moment, il se mit à errer çà et là, pas trop vite—trotte-menu—en regardant tout autour de lui.

Il trouva une porte dans un mur. Mais elle était fermée à clé et il n'y avait pas assez de place pour qu'un gros petit lapin se faufile dessous.

Une vieille souris franchissait le seuil en courant, rentrant et sortant pour porter des pois et des haricots à sa famille dans le bois. Pierre lui demanda comment retrouver la barrière, mais elle avait dans la bouche un pois si grand qu'elle ne put répondre. Elle ne fit que hocher la tête. Pierre se mit à pleurer.

IL essaya ensuite de trouver le chemin en traversant directement le jardin, mais il s'embrouilla de plus en plus. Il arriva bientôt à un étang où M. McGrégoir remplissait ses arrosoirs.

UNE chatte blanche y regardait fixement des poissons d'or; elle se tenait très, très immobile mais, de temps en temps, le bout de sa queue battait légèrement l'air, comme s'il était vivant. Pierre crut que ce qu'il y avait de mieux à faire c'était de filer sans lui parler; il avait entendu son cousin, le petit Benjamin Lapin, parler de chats.

Il retourna vers la cabane à outils, mais soudain, tout près de lui, il entendit le bruit d'une binette—gr-r-ritte, gr-r-ratte, gratte, gritte. Pierre détala sous les buissons. Mais tantôt, comme rien n'arriva, il en sortit, grimpa sur une brouette et, de là, risqua un coup d'œil.

LA première chose qu'il vit c'était M. McGrégoir qui binait des oignons. Il avait le dos tourné vers Pierre et au delà de lui était la barrière!

Pierre descendit très doucement de la brouette et s'enfuit à toutes pattes, en suivant une allée droite derrière des cassis.

M. McGrégoir l'aperçut à l'angle mais Pierre s'en moquait. Il se glissa sous la barrière et était enfin hors de danger dans le bois.

M. McGRÉGOIR pendit la petite veste et les souliers en épouvantail pour faire peur aux merles.

Pierre ne s'arrêta pas de courir, sans jeter un coup d'œil en arrière, avant d'arriver chez lui, au grand sapin.

Il était si fatigué qu'il s'affala par terre, sur le bon doux sable du terrier de lapin, et ferma les yeux. Sa mère était occupée à faire la cuisine; elle se demanda ce qu'il avait fait de ses vêtements. C'était la deuxième petite veste et la deuxième paire de souliers que Pierre avait perdues en quinze jours!

JE regrette de dire que Pierre se trouva
mal pendant la soirée.

Sa mère le mit au lit et prépara une
tisane de camomille; elle lui en donna
une dose!

"Une cuillerée à bouche à prendre
avant de se coucher."

MAIS Ploufsette, Tifsette et Queue-de-Coton soupèrent de pain et de lait et de mûres.

FIN